AU
MIDI DE LA FRANCE

CAUSSES ET CAÑONS DES CÉVENNES

ALPES ET MÉDITERRANÉE

PRÉCÉDÉ

D'UNE FANTAISIE SUR LES VOYAGES

Avec une photographie

POÉSIES

PAR

Gustave RANTALHAC

PARIS

CHAMUEL, ÉDITEUR

29, RUE DE TRÉVISE, 29

1894

AU MIDI DE LA FRANCE

AU
MIDI DE LA FRANCE

CAUSSES ET CAÑONS DES CÉVENNES

ALPES ET MÉDITERRANÉE

PRÉCÉDÉ

D'UNE FANTAISIE SUR LES VOYAGES

Avec une photographie

POÉSIES

PAR

Gustave RANTALHAC

PARIS

CHAMUEL, ÉDITEUR

29, RUE DE TRÉVISE, 29

1894

LE MILIEU DU DÉTROIT

(Reproduction d'une photographie prise par M. Rantalhac).

LE MÉCANICIEN DE CHEMIN DE FER

J'aime à te voir sur ta machine
Debout, intrépide, attendant
Que la vapeur s'emmagasine,
Que le foyer soit plus ardent.

On dirait un géant qui dompte
A la fois tous les éléments,
Sur un coursier qui pour rien compte
L'immense étendue et le temps.

Il n'est besoin qu'on l'éperonne,
Ce coursier. On l'entend hennir,
Tout à coup, et son sang bouillonne ;
Comme une flèche il va partir.

Il part, il est loin, fend l'espace
A travers précipices, monts,
Comme l'oiseau qui d'un vol passe
Aux plus lointaines régions.

On ne le suit qu'à son haleine,
Dans le jour : mouvante clarté,
Elle s'allonge dans la plaine
En un beau nuage argenté.

Ses yeux de flamme, à l'orbe immense,
Brillent dans l'ombre de la nuit.
A sa suite, avec complaisance,
Dans vingt chariots il nous conduit.

Car locomotive on l'appelle,
Nom par lui dignement porté,
Et pour n'être jamais rebelle
Il ne veut qu'être bien monté.

Mais en maître tu le diriges,
Conducteur mécanicien
Qui pour ton dur labeur n'exiges
Qu'un salaire de presque rien.

S'il a pour lui force et vitesse,
Aveuglément s'il obéit,
C'est en toi que brille l'adresse,
Car c'est ta main qui le conduit.

Soit qu'il aille droit dans la plaine,
Qu'il traverse les flancs des monts.
Ou bien qu'il côtoie avec peine
Les abîmes, passe les ponts.

Et c'est encore toi que glacent
En hiver tous les mauvais temps.
Ou que pendant l'été harassent
L'orage et le soleil brûlants.

Honneur donc à ta main habile,
A ton modeste dévoûment !
Sur ton grand coursier file, file.
Le jour et la nuit, vaillamment.

Il faut là que tu le refrènes,
Ici que tu presses son pas :
Tiens fermes ou libres les rênes,
Du chemin qu'il ne sorte pas !

Fais-nous voir des lointains rivages
Les flots écumants, verts ou bleus.
Conduis nos enfants à leurs plages,
Avec leur mère, gais, heureux.

De la Suisse et des Pyrénées
Fais-nous admirer les grands monts.
Que par toi les cités vantées,
Leurs habitants nous connaissions !

Mène-moi revoir mes Cévennes :
Du Tarn le sublime cañon,
Leurs rocs, leurs beautés souterraines,
Du jour la grande attraction.

Mais, si tout à coup de la guerre
Retentit le terrible cri,
Porte-nous vite à la frontière
Prêts à repousser l'ennemi.

CAUSSES ET CAÑONS DES CÉVENNES (1)

Connaissez-vous, dans notre France même,
La région des causses, ses cañons ?
Quand je la vois mon plaisir est extrême,
Je vous fais part de mes impressions.

Ici rien n'est semblable aux Pyrénées,
Aux Alpes, dont vous savez les splendeurs,
Où de forêts les pentes sont ornées,
Dont des glaciers argentent les hauteurs.

(1) Les causses, du latin *calx* (chaux), sont les grands plateaux calcaires, élevés de 800 à 1200 mètres, qui forment le talus méridional du massif central français et la déclivité occidentale des Cévennes. Les quatre principaux sont, du nord au sud : le causse de Sauveterre, le causse Méjean (du milieu), le causse Noir et le Larzac.

Cañon, d'un mot espagnol signifiant tuyau, tube, canal, est le nom qu'on applique aux gorges séparatives ou vallées des causses et dont les caractères bien tranchés sont : profondeur très grande eu égard à la largeur, — et verticalité souvent absolue des flancs. Quatre sont surtout remarquables : Tarn entre Sauveterre et Méjean, Jonte entre Méjean et Noir, Dourbie entre Noir et Larzac, Vis

C'est en hiver seulement que la neige
Tombe et blanchit les plateaux en ce lieu,
Et le printemps, toujours précoce, abrège
Des noirs frimas les jours sous un ciel bleu.

Mais ses beautés n'en sont pas moins réelles
Et sont peut-être uniques : des rochers
Majestueux, énormes, en tourelles,
Bastions, murs, obélisques, clochers.

---

entre Larzac et les Cévennes proprement dites. Leur altitude est de 3oo à 6oo mètres.

Nous ne nous occuperons que des trois premiers causses et cañons, le Larzac, quoique le plus grand (plus de 1ooo kil. q.), et la Vis étant moins étonnants, et surtout se trouvant trop éloignés du centre des principales curiosités pour être visités par la plupart des touristes.

On désigne dans le pays chacun des causses par son nom particulier quand cette indication est nécessaire ; mais généralement on dit : le causse, comme ailleurs on dit : la montagne, par opposition aux vallées, qui s'appellent ici également vallées, gorges ou simplement la rivière.

Lire le livre magistral et si intéressant de M. E. A. Martel : *Les Cévennes et la région des Causses* : librairie Delagrave, 15, rue Soufflot, à Paris. Nous y avons puisé ces renseignements géographiques et plusieurs éléments de nos descriptions.

Ils tiennent là la place des grands arbres
Qui sont ailleurs des monts les ornements.
Comme un musée aux plus colossaux marbres
Ils ont l'aspect de tous les monuments.

Ils ont encor celui de personnages
Et d'animaux, que chacun dénomma,
Seuls ou formant des cirques, des étages
Dans des chaos qu'un déluge créa.

C'est le cañon, aux parois encaissantes
En défilés profonds, longs, variés,
Aux tons bleus, gris, pourpres, blancs, éclatantes,
Aux grands rochers festonnés et striés.

C'est le cañon, bien que leurs murs l'enserrent,
Ensoleillé dans ses moindres replis ;
Où l'amandier et la vigne prospèrent
Mêlés au lierre, au sauvage maquis.

Au fond s'écoule une eau limpide et verte,
Torrentueuse ou calme comme un lac,
L'unique voie aux touristes ouverte :
La barque y glisse avec eux en zigzag.

Il me souvient de mon premier voyage
Là, quand, du Tarn suivant ainsi le cours,
Je m'arrêtai souvent sur son rivage,
Ne reprenant qu'à regret mon parcours.

Emerveillé, transporté, pour vous dire
Quels sentiments de bonheur j'éprouvai,
Bien des tableaux il me faudrait produire
D'un genre en tout stupéfiant, mais vrai.

Que j'admirai le Détroit, dont l'image
De mon cerveau reste l'obsession :
Remparts très hauts, très longs, formant passage,
Du merveilleux une apparition !

Que j'admirai du grand cirque des Baumes,
Majestueux et gai tout à la fois,
Les hauts à-pic, les arceaux et les dômes,
Les tons divers colorant les parois !

Que j'admirai ton chaos grandiose,
Pas de Soucy, tous ces énormes blocs
Qu'au cours du Tarn ton éboulis oppose :
Aiguille, Sourde. autres géants des rocs !

Et l'on ne voit d'en bas qu'en leur ensemble
Et qu'amoindris tous ces rochers sculptés
Qu'en un rayon trop restreint l'œil rassemble ;
Dans leurs détails pour les mieux voir, montez.

Observez-les sur les falaises mêmes,
Dont vous suivrez le milieu, les hauteurs.
Contournez-les sur leurs rebords extrêmes,
Voyez leur masse, au bas les profondeurs.

Extasiés vous n'avez que merveilles
Le long du Tarn des jours à contempler,
Et sur la Jonte il en est de pareilles,
De la Dourbie encore sans parler.

Des grands rochers la vue est bien plus belle
Et les noms sont alors justifiés,
Se découpant en leur forme réelle
Sur le ciel bleu, l'horizon, à vos pieds.

Que de rentrants de roches, d'avancées
Et de gros blocs en surplomb, en retrait.
Taillés, troués, aux couleurs nuancées
Que la palette avec peine rendrait !

Combien de tours, de forts, de citadelles,
De champignons, d'aiguilles, de donjons !
Combien d'à-pic aux rebords en dentelles,
De rocs fouillés, d'arcades et de ponts !

Si j'ai nommé les points plus admirables
Des bords du Tarn et plutôt de leur fond,
Je dois citer ceux non moins remarquables
Ornant la Jonte aux faîtes du cañon.

Ce sont surtout le cirque de Madasse,
Le pont des Arcs, les rochers Saint-Michel,
Le Château-fort, dressant ses murs en face,
Et le piton Capluc au vieux castel.

Dans ces tableaux de puissante nature
L'esprit s'étonne et le regard se perd.
Ils sont pourtant de la plus gaie allure,
Teintés de rose et mouchetés de vert.

En contre-bas, de la rivière brille
Au grand soleil le miroir rétréci.
La dolomie aux plus hauts pics scintille,
Chacun semblant de pur argent blanchi.

Près de la rive, et sources et fontaines
Sous les abrupts sourdent en pur cristal.
Sur les sommets on ressent les haleines,
Aux jours plus chauds, d'un zéphyr idéal.

Le vautour plane, à l'aire l'aigle niche
Et sur le pin croasse le corbeau.
Par les talus, aux bords de la corniche
Paît, sous les yeux du berger, le troupeau.

En bas, en haut les échos sont sans nombre,
L'un d'eux redit jusqu'à quatorze fois.
C'est à souhait qu'on peut jouir de l'ombre,
Pendant l'orage on a les rocs pour toits.

Montez après au causse, plaine immense,
Traversez-la de cañon à cañon.
C'est le désert, qu'à peine on ensemence,
Presque sans bois; mais voyez l'horizon.

Bien loin, bien loin s'élève la montagne :
Plateau d'Aubrac, Margeride, Cantal;
Puis le regard, vers l'est, le sud-est, gagne
Les monts Lozère et les rocs de l'Aigoual.

Quand vous sortez de cet abîme unique
D'un grand cañon, de ses escarpements,
C'est un contraste empoignant et magique
Que cette plaine aux monts pour ornements.

Et, le matin, quand le soleil se lève
Sur ce désert, ou lorsque à l'autre bord,
Aux soirs d'été, son long cours il achève,
Où sont plus beaux ses flots de pourpre et d'or ?

Puis ces plateaux curieux nous révèlent
Des tumuli, de très nombreux dolmens,
Des trous béants dans le sol qui s'appellent,
D'un nom disant abîmes, des avens.

Jusqu'au niveau des cañons ils descendent,
Formant des puits, des couloirs, des degrés
Dont les secrets inconnus vous attendent
Si dans leur fond vous vous aventurez.

Honneur à toi, Martel, qui là t'engages
Et sais trouver une rivière, un lac !
Viens explorer d'autres de ces passages,
Y découvrir un nouveau Padirac. (1)

---

(1) Padirac, aven d'un causse du département du Lot,
avec une rivière souterraine, exploré par M. Martel.

Mais le causse a lui-même sa merveille
De grands rochers à Montpellier-le-Viel,
Un résumé là-haut, comme en corbeille,
De ceux d'en bas, qu'il semble offrir au ciel.

L'érosion : l'eau, le gel, la tempête,
Y produisit surtout son œuvre d'art
Tout à la fois grandiose et complète,
D'accès facile et de beautés à part.

Vous jureriez une vaste ruine
De quelque ville aux murs cyclopéens,
Egyptienne ici, grecque et latine,
Dans des déserts nouveaux, aériens.

Ce sont ses murs, ses portes, ses arènes,
Ses grands jardins, ses temples, ses palais,
Cent ornements de ses splendeurs anciennes
Nous parlant plus que des dessins parfaits.

De la revoir ma joie est indicible,
J'offre mon culte à ses spectres rocheux,
Mais de les peindre il ne m'est pas possible,
Car ils sont trop étonnants, trop nombreux.

Ce sont partout des roches colossales
Dans des chaos étranges, tous divers,
Des droits sentiers, des cirques, des dédales
Ornés de pins, d'arbrisseaux toujours verts.

Il faut les voir ces images fidèles
De monuments, voir ces cirques encor
Délicieux, comme créés pour elles,
De gais détails ajoutant leur décor.

Je les salue et, lecteurs, vous engage,
Les visitant, à les voir longuement.
Tant de beautés, leur bizarre assemblage
Exciteront votre émerveillement.

Vous rêverez citadelles, arènes,
Amphores, sphinx, obélisques, autels,
Des Porte double et Porte de Mycènes,
Poternes, forts et créneaux naturels.

Vous rêverez de la Salle des Fêtes,
Du Colisée et des tristes Tombeaux,
De l'Echiquier, du cirque des Rouquettes,
Lierres et pins en tapis et berceaux.

Au causse Noir, non loin de la Dourbie,
Resplendit donc cette étrange cité ;
Près d'elle il est, d'ailleurs, une série
De grands chaos complétant sa beauté :

Caussou, son pont et ses roches pointues,
Sur son sommet Roquesalte en donjons,
Rajol, montrant ses géantes statues,
Et Saint-Véran ses puissants bastions.

Seul chacun d'eux vous charme, vous transporte,
Mériterait tout un jour d'être vu.
Je suis honteux d'en parler de la sorte,
De n'en donner que ce faible aperçu.

Mais il me faut me borner et vous dire
Qu'il est aussi des grottes en ces lieux,
Qu'une surtout entre elles on admire
Et qu'elle en est l'attrait plus merveilleux.

C'est Dargilan (1), aux cavités immenses
Où la nature a créé des palais
Réalisant toutes magnificences,
Mille ornements aux scintillants reflets.

____

(1) Dargilan, à 5oo mètres du hameau de même nom,
près Meyrueis (Lozère), a 2.8oo mètres de salles ou de
couloirs, divisés en deux branches. On met deux heures à

On la compare aux grottes plus vantées,
Comme Adelberg, Aggtelek, Sanct-Canzian.
Elle est plus vaste, aux cryptes mieux ornées
Qu'Alta, del Drach, Ganges, Rochefort, Han.

Je ne vais pas longuement la décrire,
Cet exposé n'est que superficiel
Et je pourrais même moins y suffire
Qu'en vous parlant de Montpellier-le-Viel.

On n'aperçoit que formes fantastiques
Qu'on baptisa d'une foule de noms :
Corniches, arcs, autels allégoriques
Où tout vous dit dentelles, clochetons.

Les unes sont en file, en avenue,
D'autres en groupe ou près d'un lac charmant.
Un gai tableau vous réjouit la vue,
Un autre invite au muet recueillement.

La stalactite est surtout ravissante
Avec ses rangs d'aiguilles, ses festons.
La stalagmite est plus grave, imposante
Avec ses blocs sculptés de cent façons.

---

visiter la première et quatre la seconde. Des puits et
des galeries sont en outre à peine explorés.

Souvent les deux en un tout réunies
Forment des murs, des dais et des arceaux,
Ou bien, tombant en colonnes, en stries,
De gros piliers, des orgues, des faisceaux.

C'est une grande et magnifique salle,
C'est un portique au colossal fronton.
Chaque tenture a des reflets d'opale.
C'est une Église, une Vierge, un balcon.

C'est le portrait de quelque personnage,
Une machine, un énorme animal.
Le plus petit objet a son image,
Un corridor des flambeaux de cristal.

Là d'un cyprès on croirait voir les branches,
D'une cascade ici l'onde d'argent.
Comme un glacier brillent des roches blanches,
D'autres des flots offrent l'aspect changeant.

Ailleurs les murs semblent léchés de flammes,
Sculptés, ornés de décorations.
Aux cavités apparaissent en trames,
En tous dessins mille concrétions.

Dans le parcours, formes et silhouettes
Changent d'aspect, s'abaissant, s'élevant.
Des lustres sont suspendus sur vos têtes.
Le silence est solennel, émouvant.

Quand on est seul ce silence est terrible.
On croit qu'un orgue en jeu peut-être mis
Et que soudain quelque Litz invisible
Va réveiller les échos endormis. (1)

La stalagmite en aiguille, en colonne
A du cristal et de l'argent les sons,
Et sur ses rangs notre main carillonne
Ou joue un air joyeux sur tous les tons.

Dans le détail, admirez ces facettes
De diamants, ces pétales de fleurs,
Le doux satin des colonnes fluettes,
Leur transparence en de tendres couleurs.

Voyez combien sont fines ces dentelles,
Combien il est d'aiguilles dans ce coin;
Combien de près toutes choses sont belles,
Combien l'ensemble est merveilleux de loin.

---

(1) Idée déjà exprimée par M. Vuillier au sujet des
grottes d'Alta et del Drach. (*Tour du monde*, Juillet 1889.)

Vais-je nommer ce qui plus nous enchante
Lorsque, suivant l'Escalier de Cristal,
De Dargilan nous faisons la descente?
C'est son Clocher au monde sans égal.

Ce sont après : la splendide Mosquée,
Aux Minaret et Dôme orientaux,
La vaste Église au culte préparée
Avec l'Autel et l'Orgue aux longs tuyaux.

Ce sont encor : la Tribune, la Chaire,
Le Baldaquin, la Vierge, le Fuseau,
Le grand Balcon et le haut Belvédère,
La Loggia, l'Homme Mort, le Tombeau.

Ce sont : les Lacs, les Vasques, la Falaise,
Le noir Sous-sol, les Passages, les Puits,
Le Chameau blanc, la Tortue et la Chaise,
Le Bonnet grec, la Ruche, l'Eboulis.

Mais je ne puis vous citer une page
De monuments, d'animaux, d'ornements.
Un guide Chaix est fait pour cet usage,
Car pour rimer ils sont trop discordants.

1**

J'ajouterai pourtant : les galeries
Ronde, carrée et celle du Clocher,
Où l'on ne voit que fines draperies
Dont le regard ne peut se détacher.

De ces tableaux et des autres encore
On ne sait quel est le plus enchanteur.
Chacun sa salle ou son recoin décore,
Laissant l'esprit stupéfait et rêveur.

Un mot d'une œuvre aussi fort grandiose
De la nature, un Vaucluse nouveau,
Dont près de là la visite s'impose :
C'est l'étonnant ravin de Bramabiau.

C'est son alcôve aux à-pic gigantesques
Et s'élevant comme en degrés taillés,
Très chauds de ton, aux formes pittoresques,
Dans le milieu par un tunnel fouillés.

C'est ce tunnel aux nombreuses cascades,
D'où, mugissant, s'élance le Bonheur ;
Qui vous promet de rudes escalades
A la Martel, si vous en dit le cœur.

Mais, sans entrer sous cette immense voûte,
Un vrai Trient qu'on aurait recouvert,
Assez de charme à Bramabiau l'on goûte
Voyant l'alcôve, abîme à ciel ouvert. (1)

Tels sont les lieux, touristes, que la France
A dans son sein longtemps presque ignorés.
C'est de splendeurs comme une exubérance
Qu'ailleurs jamais vous ne rencontrerez.

Allez-y donc, non pour suivre une mode
Comme beaucoup qui ne font que passer,
Par une voie et rapide et commode,
Mais pour bien voir sans du tout vous presser.

Si vous aimez les ruines antiques :
Moutiers, castels se mirant dans les eaux,
Perchés aux rocs et comme eux fantastiques,
Vous trouverez ces attraits féodaux.

---

(1) La falaise de Bramabiau mesure 120 mètres de haut,
le ruisseau Bonheur tombe en cascade de 10 mètres et
son parcours dans le tunnel, comme le tunnel lui-même,
est de 700 mètres. On y compte 7 cascades. C'est par
M. Martel, en 1888, que ce tunnel a été exploré en en-
tier pour la première fois.

J'en parle à peine, afin que la nature,
Dont le triomphe est ici sans rival,
Soit dans son rôle en plus large mesure
De grandiose étrange, original.

Cultivez-vous l'art, la plaque sensible ?
Je vous ai dit ces cieux bleus, rutilants
Et ces chaos curieux au possible ;
Pour vos travaux voilà de vastes champs.

Peintre, va donc tirer de ta palette
Quelque chef-d'œuvre à nul autre pareil,
Va, photographe aux beaux clichés en tête.
Braquer cent fois ton meilleur appareil.

ALPES ET MÉDITERRANÉE

Alpes, Alpes, votre domaine
Est trop immense pour mes yeux.
Ma muse perdrait vite haleine
Si de tant de monts radieux
Que blanchit la neige éternelle
Ou qu'ornent gazon et forêts,
De l'aigle sans posséder l'aile,
Elle parcourait les sommets.

Qu'elle s'arrête où le mont plane
Sur la mer bleue, aux flots si purs!
Dans tant de beautés qu'elle glane
Entre elle et les cieux : deux azurs!
C'est la mer méditerranée
Et ce sont ses bords enchanteurs.
Est-il plus charmant hyménée.
O Nature, de tes splendeurs?

Collines aux modestes cimes
Et montagnes aux fronts géants
Formant les côtes maritimes,
Aux aspects lumineux, riants,
Salut à vous ! digne parure
De la plus belle mer ! C'est là
Le nœud brillant de la ceinture
Si riche que Dieu lui donna.

Que vous êtes en harmonie
Avec cette mer, ces beaux cieux,
Aux soirs d'été, quand en amie
La brise monte des flots bleus !
Quand surtout, étant arrivée
Chez nous la saison des frimas,
Nous trouvons dans votre contrée
Les zéphyrs des plus doux climats !

Que vous êtes belles ornées
De figuiers, d'oliviers, de pins !
Que de vos pentes embaumées
Sont délicieux les chemins !
Que l'abondance de vos plantes,
De vos fleurs, et vos clairs ruisseaux
Vous rendent à tous attrayantes,
Véritables, par nos pinceaux !

Et tels sont vos rochers, vos crêtes,
Aux contours ici gracieux,
Formant là de noires arêtes
Et des donjons majestueux ;
Tels ont voit vos étroites plaines,
Vos vallons, vos moindres replis,
Répondant à vos grandes chaines,
D'orangers, de villas remplis.

Vos panoramas magnifiques,
Qu'éclaire un éclatant soleil,
Au monde sont peut-être uniques
Dans un horizon sans pareil.
Même vos falaises arides
Ont une part à vos splendeurs,
Par leur hauteur, leurs grandes rides,
La variété des couleurs.

Nous aimons votre promontoire
S'élevant du gouffre profond,
Son ombre que la brise moire,
La vague qui s'y heurte et fond
Lorsqu'elle l'assaille en tempête,
Lorsque d'écume elle blanchit,
Lorsque l'écho des rocs répète
Son mugissement dans la nuit.

Nous aimons les sentiers qui longent
La corniche sur les hauteurs,
D'où nos regards à nos pieds plongent.
Où nous restons parfois, rêveurs,
A l'ombre des heures entières ;
Où, comme en un gai belvéder,
Sous les rocs et les sapinières
Nous humons la brise de mer.

Nous aimons votre anse tranquille
Abritant pêcheurs, matelots,
D'où la barque ou le bateau file
Quand deviennent calmes les flots :
Les voiles qu'enfle, favorable,
Et pousse en un instant le vent,
Loin de la falaise ou du sable,
Vers l'Espagne ou vers le Levant.

Nous aimons le vaisseau qui passe
Dans le large, à toute vapeur.
Nous-mêmes voguons sur l'espace
De l'onde bleue, avec bonheur,
Admirant de loin cette plage
Où nous reviendrons vers le soir.
Sans craindre de faire naufrage.
Avec les nôtres nous asseoir.

Nous aimons alors le mystère
De la nuit qui tout a voilé,
Qui cache le ciel et la terre
Pour montrer le ciel étoilé.
Nous aimons quand renaît l'aurore,
Quand reparaissent par degrés,
Sous le soleil qui les colore,
Les bois, les monts, les flots nacrés.

Là la nature est plus joyeuse,
Plus frais nous paraissent les bois,
Plus douce et plus mélodieuse
Des oiseaux nous trouvons la voix.
Là de la tendre tourterelle
Ne saurait s'attiédir l'amour
Et la voyageuse hirondelle
Oublie à jamais le retour.

Là les sommets sont sans nuages,
Règne l'abondance des fruits,
Comme des fleurs, jusques aux plages :
Là tels aussi sont nos esprits,
Ravis, oublieux de la peine ;
Nos corps reprennent leur vigueur
Et délivrés brisent leur chaîne
Si les étreignait la douleur.

O monts que jamais je n'oublie
Et que de loin je vais revoir,
Vous ma meilleure rêverie,
Vous êtes encor mon espoir !
A vos flancs je veux une place.
Je mettrai, si j'arrive aux jours
Où la triste vieillesse glace,
En vous mes dernières amours.

LE MANS. — TYPOGRAPHIE ED. MONNOYER. 1894.

PAUL CÉLIÈRES

CONTEZ-NOUS CELA!

L'EXPRESS DE LYON
LES ÉPÉES DE L'ABBÉ TRISTAN
LE BONNET D'UN COSAQUE
CHRYSALIDE ET PAPILLON
DE LA COUPE AUX LÈVRES
UNE HEURE DE FACTION

PARIS
A. HENNUYER
Imprimeur-Éditeur

RUE LAFFITTE, 51

BIBLIOTHÈQUE DU MAGASIN DES DEMOISELLES

TROISIÈME ÉDITION